KB130724

청어詩人選 169

가을
우체국

구금섭 시집

청어

가을 우체국

구금섭 지음

발 행 처 · 도서출판 청어
발 행 인 · 이영철
영   업 · 이동호
기   획 · 이용희
편   집 · 방세화
디 자 인 · 이해니 | 이수빈
제작이사 · 공병한
인   쇄 · 두리터

등   록 · 1999년 5월 3일
(제1999-00063호)

1판 1쇄 인쇄 · 2019년 5월 20일
1판 1쇄 발행 · 2019년 5월 30일

주소 · 서울특별시 서초구 남부순환로 364길 8-15 동일빌딩 2층
대표전화 · 02-586-0477
팩시밀리 · 0303-0942-0478

홈페이지 · www.chungeobook.com
E-mail · ppi20@hanmail.net
ISBN · 979-11-5860-650-3(03810)

이 도서의 국립중앙도서관 출판시도서목록(CIP)은 서지정보유통지원시스템 홈페이지
(http://seoji.nl.go.kr)와 국가자료공동목록시스템(http://www.nl.go.kr/kolisnet)
에서 이용하실 수 있습니다.(CIP제어번호: CIP2019018056)

가을 우체국

시언(詩言)

시인의 눈에는 이 세상 모든 것이 말을 한다.

사람만이 언어를 가지고 있다고 하지만, 그래서 사람만이 만물의 영장이라고 하지만 아니다. 이 세상의 모든 것들도 저마다의 언어를 가지고 있다. 나무는 나무의 말을 하며, 산은 산들의 말을 하며, 사물은 사물의 말을 한다. 슬픔과 분노를, 기쁨과 사랑을 그들은 그들의 언어로 표현한다.

이 세상은 홀로 살 수 없다. 홀로 살 수 없다는 것은 누군가와 더불어 산다는 것이다. 누군가와 더불어 산다는 것은 보이지 않는 끈으로 서로가 엮여 산다는 것이다. 그것이 언어이다. 그러므로 하나님은 모든 피조물이 더불어 살아가도록 언어를 주었다. 인간이 언어의 끈으로 서로를 엮듯이, 아들과 딸이 내게 "아빠" 하고 부르면 내가 아빠라는 끈으로 엮여지듯, 어린 손녀, 손자가 '할아버지' 하고 부르면 내 눈에 눈물이 글썽이듯, 모든 사물들도 언어의 끈에 엮여 더불어 산다. 그러므로 현자는 자연의 말을 눈으로 들어야 할 것이다. 눈이 있다면……

가령 꽃들의 말은 색깔이다.

꽃들이 시인의 눈에 속삭인다. 눈가를 촉촉이 적시는 섹시함, 당신 곁에 있고 싶다고 눈으로 하는 말, 가슴을 와락 잡아끄는 색조, 비교하지 말라는 색상, 상큼하게 다가오는 빛깔, 잊지 말아 달라는 말. 요염한 자태로 나를 유혹한다.

시인은 자연의 말을 눈으로 듣는다. 하늘이 보여주는 말을, 땅이 보여주는 말을, 꽃과 새와 별이 보여주는 말을…… 왜 파도는 밀려왔다 쓸려 가는지를, 왜 숲은 잎을 피우고 또 떨어뜨리는지를, 왜 강물은 쉼 없이 어디론가 흘러가는지를…… 왜 가을은 허무한 일상을 갖게 하는지를…… 그래서 시인은 눈으로 듣는다.

네 번째 시집을 펴내며
월사 구금섭

차례

제3부   잎새의 이별

제4부   눈 내리는 날

1부

봄비가 꽃잎을 닦는다

봄비가 꽃잎을 닦는다

봄비가 꽃잎을 닦는다
가랑비가 꽃잎을 닦는다
내리는 비는 엊그제 소천하신
장모님의 애달픈 눈물인가
그 눈물이 내 가슴을 적신다
자애로우신 그 모습이
아른아른거려 내 마음에도
추억 비가 온종일 내린다
그 눈물이 내 가슴을 토닥인다
그리움은 꽃잎이 되어

-2018년 3월 28일 오후 9시 18분
 장모 박성녀 집사님 하나님 품에 안김

진달래꽃

비가 내리네
미세먼지, 황사를 뒤집어쓴
죄악의 땅 해골(골고다)의 곳에

주님이 눈물을 쏟아내어
산마다 연분홍 붉은 피가 피었네

인류의 무덤에 흘러내린
고난의 땀을 받아먹고
진달래꽃이 흐드러지게 만발하였네

꽃들이 귀가 간지럽도록 속삭이네
언제까지 감상만 할 텐가

인간들아 떠들어 대며
허겁지겁 오른 산이
제 무덤인 것은 왜 모르나

귓밥을 수없이 먹었지만
아직도 철들 날이 멀기만 하네

민들레 1

야트막한 산등에
민들레, 너는
겨우내 납작 엎드려
온 힘 다해 내린 뿌리로

서로를 부둥켜안으며
견뎌낸 보람이
나지막한 노란 꽃대를
여기저기 세웠구나

널브러진 척박한 땅에
앉은뱅이 몸으로 있어도
민들레, 너는
춤추는 나비들의 무도장이다

비켜가는 바람도
지긋이 바라보다가
혼자서 별을 헤는 너를 향해
은밀한 정 살며시 주고 간다

민들레 2

숨을 함초롬 들여 마시니
배가 불룩 튀어 오르네
지나가던 봄바람이
깜짝 놀라 비켜 가는데
개구리 볼처럼 불끈불끈
뽀~욱 뽕뽕뽕뽕 뽀~욱
부풀어 오른 하얀 민들레
비눗방울 놀이를 하네
꽃대가 흔들흔들거리며
아기 솜들을 동서 사방에
둥실 두둥실 띄워 놓았네

아지랑이 기지개

나는 이제 일어나 가야지
산비탈 양지바른 곳으로……
나뭇가지 엮어 진흙을 발라
거기 작은 오두막 하나 짓고
달래 냉이 쑥을 먹으며
시원하게 트림하며 살리라
그리고 꿀벌 통도 하나
그리고 벌이 붕붕거리는
숲 속에서 나 혼자 살리라
아지랑이 벗을 삼아……

봄맞이

겨울이 오면
봄도 다가서 있다
매서운 추위를
걷어차고 입춘이 왔다
이젠 추위가 녹아내릴 것 같다
이젠 생기가 돋아나고 기운이 차겠다
제 아무리 강추위라도 다가오는 봄에
결국 자리를 내주고는 뒤도 안 돌아보고
바쁘게 떠나버리겠지……
바람은 꽤 차가울 망정
미리 따사로운
봄맞이에 마음이 설렌다

새싹

사망의 문들아 열어라
문을 열어라
생명이 나가신다
나가신다

동토를 열어제치고
바닷물을 밀어 올리고
어둠을 몰아내며
나가신다

그리움이 가슴에 사무쳐서
아직도 남아있는 눈물이 있었던가
어미는 가슴을 쥐어짜며 울고
아비의 목구멍은 저 깊이 타들어 간다

긴 겨울을 참아 푸르른 새싹으로
생명의 숨구멍을 열어 놓은 삼월
백성의 마음이 너에게 닿았더냐
죽음에서 돌아온 세월호야

석삼년 퉁퉁 불어버린 네 얼굴마저

오금이 저리도록 아름답게 보이는구나
어디 보자 세월호야!
가까이 보자 내 새끼들아!

−2017년 3월
세월호가 얼굴을 보이던 날

복사꽃

복사나무가 죽어
썩은 것 같았던
등걸마다
승리의 화관인 듯
꽃이 눈부십니다

당신 안에 생명이
저렇듯 죽어도 죽지 않고
또다시 소생하고 변신함을 보니
당신이 몸소 부활로 증거 한
우리의 부활이야 의심할 바 있으랴

당신의 핏자국이
꽃이 피어, 사랑이 피어
당신과 우리의 부활이 있으므로
진리는 이기는 것이며
당신과 우리의 부활이 있으므로
우리의 믿음과 사랑은 헛되지 않으며
당신과 우리의 부활이 있으므로
우리의 삶은 허무의 수렁이 아닙니다

당신은 지금 수의를 벗고
모든 사월의 관에서 나옵니다
이 파릇한 새 목숨의 순으로……
눈꽃들의 행진이 아롱진
원미산 산자락에서
나는 부활로써 성취될
그 날의 환희를 그리워하며
황홀에 취해 있습니다

목련화

봄의 향연이 열릴 무렵
다시 보자던 목련화가
미소를 머금고 찾아왔다
수줍은 듯 입을 가리고

잠깐 보여주려고
그 긴 겨울
매서운 추위를 견뎠나
화사한 드레스를 차려입고
돌아온 목련이 달아날까 봐
조마조마하다

그저 말없이 피어나는
은은한 그의 미소는
봄의 희망임이 틀림이 없지만
내 한쪽 가슴이 이리도
시리고 아픈 것은 왜일까

지난밤
여린 목련의 자태에 반해
하룻밤을 지새웠는데

아침 햇살에 눈이 부시도록
드러내는 수수한 미소엔
묘한 감정이 솟는다

모질던 겨울의 시련
아픔이었는데
그 짧은 생은
더 깊은 허무이다
하지만
흔들리지 않는 너의 모습엔
기운이 그득하다

소무의도 소풍

봄 향기에 취해, 바깥바람에 끌려 소무의도에 갔다
봄볕은 따스한데 봄바람 시샘이 이만저만이 아니다
말을 탄 장군이 옷깃을 휘날리며 달리는 모습 같아서,
선녀가 춤을 추는 것 같기도 해서 무의도(舞衣島)란다
그 건너섬은 앞마당만큼이나 돼 보여 소무의도인가……
앞바다의 그림 같은 풍경을 감상하며 느릿느릿
산책하는 소무의도 둘레길은 휴양 그 자체이다
노신사들의 입담에 빠진 귀가 모처럼 호강을 하는데
가파른 계단들을 오르던 노객들 쉬기를 거듭하며
숨이 가쁘다 못해 거친 호흡소리가 쌕쌕 울어댄다
지난날들 개인사 웃는 날보다 우는 날이 더 많았을 터
벼랑에 피어 있는 진달래꽃 빛깔이 아름답고 애틋하다
노련한 사공들 정금 같은 지혜담을 툭툭 던질 때마다
고개 숙인 해송들의 향기가 해풍에 얹혀 진하디 진하다

봄빛

봄빛이 살금살금 내려앉는다
완연한 먼동이 트지 않아
매화꽃이 젖몸살로 부대끼는 것을 알고

명자가 기지개를 켜어 보이다가
그만 차가운 바람에 들켜버렸다
이내 옷깃을 여미며 두런거린다

그래도 봄은 오고야 말 거야
봄마저 탄핵시키지 못할 거야
봄빛이 불그스레 미소를 짓는다

사순절 통한의 기도

해마다 사순절이면 당신께 바치는 나의 기도가
그리 놀랍고 새로운 것이 아님을 슬퍼하게 하소서
얼었던 땅이 풀리는 봄의 개울가에서 당신께 드리는 나의
간구가
또다시 부끄러운 죄의 고백임을 슬퍼하게 하소서
거울 앞에 서듯 당신 앞에 서면 얼룩진 얼굴 내가 보입니다

"죄송합니다, 용서하소서" 하는 나의 말도 어느새
구두 뒷굽처럼 닳고 닳아 되풀이할 염치가 없지만
아직도 이 말 없이는 당신께 나아갈 수 없음을 고백합니다

주님
여전히 다급할 때만 당신을 찾았고
여전히 기분에 따라 행동했고
여전히 나에게는 관대하고 이웃에겐 냉담했고
여전히 불평과 편견이 심했고 남을 쉽게 속단하고 미워했고
여전히 참을성 없이 행동했고 절제 없이 살았음을
여전히 말만 앞세운 자칭 의로운 자였고
겉과 속이 다른 위선자였음을 용서하소서

주님은
옷을 찢지 말고 마음을 찢으라 하셨습니다
이사십일만이라도
거울 속의 나를 깊이 성찰하며 깨어 사는 성도가 되게 하
소서
이사십일만이라도
나의 뜻에 눈을 감고 당신의 뜻에 눈을 뜨게 하소서

때가 되면 황홀한 가슴을 여는 꽃 한 송이의 침묵을
빛의 길로 가기 위한 어둠의 터널로 기억하고 싶습니다
내 잘못을 뉘우치는 겸허한 슬픔으로
참사랑에 눈뜨는 법을, 죽어서야 사는 법을
십자가 앞에서 배우며 진리로 새롭게 하소서
"주님! 내 마음을 깨끗이 씻으시고, 내 안에 굳센 영혼을 새
롭게 하소서"

내 마음의 꽃

유월의 꽃은 아름답습니다
그중에서도 가장 아름다운 꽃은
단연 내 마음의 꽃입니다

나의 임이여
내 마음의 화단이여
그대는 내 마음의 꽃입니다

그대, 내 마음의 화단에서
한 송이 꽃으로 피어나
야릇하고 향긋한 향기로
영혼을 휘감아 돌며 흩어집니다

그댄 내 따스한 숨결로서 꽃을 피우고
나는 그 꽃향기에 취해서
그대와 소중한 이야기를 엮어 갑니다

기와 꽃

비바람 거센 날은
부대끼며 견뎌왔고
눈송이 분분한 날은
헛기침으로 삭혀왔네

백 년 설움에
먹먹해지던 날
송이송이 피운 기와 꽃

어머니의 어머니가
아버지의 아버지가
목숨처럼 잇대 놓은
누대의 구비를 따라

기와마다 하얗게
문양 놓은
눈꽃이 눈부시네

아버지의 낯에 핀 꽃
어머니의 볼에 검버섯은
백 년이 지나야 피는 꽃
가슴속 그리움이 촉을 틔우네

선물

피아노 소리가 이토록 우렁찰까
바이올린 소리가 이처럼 감미로울까
가깝게 맑은 악기 소리 울린다
나는 너의 선물을 생각하는 감미로운 악기인가 봐

웃음꽃 한 아름 안고 품에 안기는 외손녀
핸드폰으로 안녕하면 연신 고개를 끄덕이며
미소와 함께 손을 흔드는 손자의 인사
말 배우려고 연신 주절대는 꽃 입술은
정녕 신이 행복바구니에 담아준 선물일 거야

아들과 딸이 주는 선물에 눈시울이 뜨겁다
이내 콧등은 빨갛게 홍조가 되었다
어디 가서 이런 선물을 고를 수 있을까
선물은 물건이 아니라 마음이란 걸 나는 알았어
이 행복한 마음 바로 너희들이 준 선물임을
이제 나는 알았어

하얀 구름

겨울 하늘이 하얗다
채우고 싶은 유년의 잔영이다
생리적인 목마름이 하늘을 떠돈다

살갗을 애는 칼바람을 타고
허억 허억 거친 숨을 쉬어가며
시퍼런 하늘에 허연 입김을 붙인다

채우지 못하는 배고픔
먹어도 먹어도 허기진 배
춘궁기에는 더욱 쓰리고 아프다

배고픈 간절함을
어느 누가 알 것인가
숨 가쁨이 하얀 구름인가 보다

못다 한 사랑

젊어서는 귀한 줄
알지 못했네

나이가 들어서야
깨달아지네

회한이 들어서야
아니다 싶네

품 안에 자식으로
안고 싶지만

고았던 자식들이
어버이 되어

쥐면 꺼질 듯
불면 날아갈 듯한

그 사랑 손주에게
주고만 싶네

못다 한 사랑
식을 때까지

안면도에서

사는 길이 험하고 가파르거든
하얀 거품을 물고 부서지는 파도를 보라
스스로 낮아지는 평안이 있다

사는 길이 고되고 막막하거든
눈썹에 걸린 수평선 노을을 보라
어둠 속으로 고이는 여명이 있다

사는 길이 외롭고 슬프거든
홀로 견디는 섬을 보라
스스로 감내하는 의지가 거기에 있다

바다는 하늘을 감싸 끌어안고
갈매기를 벗 삼아 유유자적하고 있다
제 몸을 모진 매로 채찍질하면서……

여기 안면(安眠)이 있는 안면도에서
제 몸에 해풍을 뿌리고 출렁이는 바다를 보라
그런 자만이 해를 낳는다
솔바람 태안(泰安)에 쉼표(,)를 찍는다

정지된 그곳

고향에 갔다가
온 지가 엊그제인데
들판에 피어난 꽃향기에
울컥 그리운 님이여
해마다 철 따라 돋아나는
들꽃처럼 청아하게
그 자리에 가면
다시 볼 수 있는
꽃망울이어라

2부

폭서심근(暴暑心根)

폭서심근(暴暑心根)

해가 단단히 화가 났나 보다
여느 해 보던 얼굴이 아니다
빨갛게 상기된 눈으로
눈부시게 쪼아 본다

아빠 나무가 길게 팔을 뻗어
그늘을 만들어도 아기 잎새는
엄마 나무에게 칭얼칭얼 댄다
손부채질로 연신 달래어도

그 바람에 매미들도 숨죽이고
여치 땅개비들도 소금장수도
눈치를 엿보는 듯 조용하다
산바람마저 잠들어 버리고

불볕더위

혼자만이
견디는 것이 아니리

불가마속 뙤약볕 속에
숨도 잦아드는
고요가 깃들여도

외로운 것은
혼자만이 아니리

저토록 높이 모가지를 드리운
은행나무도 고개 숙여야
노랑물이 들 터이니

장마 빗소리

우두둑 우두둑 장맛비가 내린다
늙고 병든 가슴을 비가 울린다
뼛속 마디마디까지 울리는구나
요양병원에 누워계신 어머니
외로이 홀로 고향집을 지키시는
아버지 생각에 가슴이 아리도록
내가 듣고 있는 장마 빗소리
팔다리가 쑤신다는 우리 어머니
신음소리가 왜 이다지도 마음을 울리는지
당신은 뼈아픔에 나는 슬픔에 젖었다
오늘따라 쓸쓸한 가슴에 장맛비가 내린다

유월의 꽃

나무는 언제나
그 자리에서 숲을 이루어
말없이 자연을 품듯이
노랑 적삼 차려입은 금계국이
살포시 눈을 닦아주고
붉은 립스틱 짙게 바른
장미꽃이 눈을 현혹하지만
내 마음엔 그들의 자리는 없다오
당신만이 내 마음의 꽃이 되어
추억의 정원을 밝히고 있다오
시간 여행에 자식들 여물어가고
당신의 기도에 맑은 햇살이 움터
오늘도 순하디 순한 내일이 떠오르오

장미꽃 피던 날

성도들이 까르르
웃음을 터뜨린 성전에
장미꽃이 화르르
꽃망울 제단을 만드네

발길을 낚아내어
눈길을 홀리고
손끝에 장미꽃 모가지를
끌어당기는 유월

잎새마다
새겨진 사연들이
눈물 뒤에 꽃잎이 되어
마음마다 화관을 씌워주는구나

밤이 좋다

밤이 좋다
어두움의 면사포에 가려
조용히 숨을 쉴 수가 있어서
밤이 좋다
잘난 놈 못난 놈 없어서 좋다
소리마저 숨죽인 네가 좋다
별빛 달빛마저 수줍은 듯 떠있는
은은한 빛들이 좋다
저녁이 되며 아침이 되니 좋았더라는
그 소리가
신선하게 들려서
오늘도 너와 밤을 지새운다

세상에서 가장 아름다운 것

세상에서 가장 아름다운 날은?
"오늘"

세상의 모든 불행의 근원은?
"욕심"

세상에서 가장 나쁜 패배는?
"용기를 잃는 것"

세상에서 가장 중요한 것은?
"자신을 내어 주는 것"

세상에서 나를 가장 행복하게 만드는 것은?
"다른 사람에게 도움이 되는 것"

세상에서 가장 나쁜 잘못은?
"짜증을 내는 것"

세상에서 가장 아름다운 선물은?
"이해"

세상에서 가장 필요한 곳은?
"내적인 평화"

세상에서 가장 좋은 해결책은?
"낙관주의"

세상에서 가장 큰 만족감은?
"책임 완수"

세상에서 가장 강한 힘은?
"믿음"

세상에서 가장 필요한 사람은?
"부모"

세상에서 가장 아름다운 것은?
"사랑"

세상에서 가장 아름다운 것은 바로 "지금"입니다

해도(海道)

사각사각 거리는 모래밭을
아무도 보지 않아 혼자 걸으며
지난날 생각하기에 좋은 바닷가다
가슴에 메인 눈물이 파도에 묻히기 때문이다

나는 아슬아슬하게 달려온
무정한 세상과 엇갈리는
새 길을 찾아 걷고 있다

창파에 푸른색 하늘의 얼굴이
겨울 햇볕을 따라 출렁이고
지난여름 북적이던 모래사장은
이제 파도의 차지가 되었다

성실하게 밀려왔다 밀려가는 파도소리는
애절하게 그리워하던 여인의 고백처럼
흔들리는 나를 사랑한다, 고생했다는 음성이고

아득한 수평선에 손톱만 한 배 한 척이
순정의 그리움으로 달려와 가슴에 닻을 내린다
바닷가에서 생각하는 깨달음은
나의 해도(海道)요 연서(戀書)일까

감사의 기도

수많은 날들
눈물의 골짜기를 거닐 때
감사의 씨를 뿌리라 하신 주님
향기로운 기름을 등잔에 넣어
감사의 밝은 빛을 밝혀 주님께 드립니다
주신 축복 감사의 바구니에 담아
주님 앞에 감사의 눈물 제단 쌓게 하소서
거친 내 삶의 흔적마다
위로의 손길로 다독여 주시며
어루만져 주신 주님
내 삶에 눈물이 강이 되어 흐를 때
그 속에서도 아름다운 꽃을 피워주시고
고난의 가시들이
나의 발을 찌를 때에도 복음의 신을 신겨
향기로운 동산을 걷게 하시는 주님
'언제나 네 곁에 내가 있노라'
말씀하시는 그 위로의 말씀으로 인해
탄식하던 내 입술이 감사의 시가 되어 찬양합니다
능력의 주님의 그 손길로 인해
잎이 돋고, 꽃이 피어, 열매가 되니
감사의 추수 밭이 드넓기만 합니다

초록 빗소리

빗소리를 듣는다
한밤중에 일어나
빗소리를 들으면
가슴이 후련하다

초록 빗소리는
내 맘을 가지런히 빗어주는 빗소리
손칼국수 먹으며 담소를 나눌
동무가 그리워 눈물이 글썽인다

빗소리를 듣는다는 것은
고향을 찾아가는 길
눈을 감으면 다가오는 학동들
얼마나 반가운 일이냐

흥얼거리게 하는 빗소리
이 순간의 느낌을 뭐라고 표현할까
그리움 올라타고 하늘을 날며
초록 빗소리를 듣는다

잠자다가 일어나
빗소리를 듣는다는 것은
얼마나 반가운 일이냐

별들의 고향

도회지 밤하늘에는
별들이 숨어있다
휘황찬란한 네온사인에 눈이 부신가 보다

그 별들이
시골 하늘에서 장관을 이루고 있다
가로등 불빛마저 졸고 있기 때문일까

도회지 밤하늘에는
별들도 돈이 궁한지 얼씬도 안 한다
어쩌다 하나둘밖에는

땅값이 싼 시골 하늘에는
별들이 우르르 모여 찬란하다
별들의 고향이라서 그런가

언젠가 우리도 별이었다
파란 하늘을 수놓았던 환한 별이었다
지금도 그 별들은 눈빛이 초롱초롱하다
별똥이 되어 떨어졌어도

유월이 오면

신록 머금은 유월의 하늘은
사뭇 파란 물감인데
원두막 그늘을 안은 듯
마음은 안으로 안으로만 든다

수많은 인파 속에서 고독이
초겨울 인양 으슬으슬한 것은
어찌 된 까닭인가

울타리엔 장미꽃이 흐드러지게 피었는데
녹음에 취해 밤 지새우며
이야기해볼 사람이 없어
마음을 접어 안으로만 든다

장미가 말을 배우지 않은 이유를 알겠다
나무가 말을 하지 않는 연유도 알아듣겠다

숲이 우거진 유월은
곱기만 한데……

1%의 승자가 울던 날

지구가 개벽하던 날
온 누리에 함성 치던 날
이천 십팔 년 유월 이십팔 일 자시(子時)에
온 땅이 눈을 비비며 뜨거운 박수를 보냈다

승자이면서 울고 패자라서 울고
덕을 봤다고 울고 안타까워 감격에 울었다
하늘도 하루 종일 축복의 장맛비를 내렸다

대한민국이 온 땅을 흔든 날이 몇 날인가
생면부지의 사람들 얼싸안고 춤을 추었다
조국이 울고 지구촌을 울도록 만든 나라
대-한-민-국

비움의 심연

마음을 비우고
놓으면 가볍다
아니다 아쉽다

마음이 홀가분
아니다 거짓말
비움은 아리다

하늘의 바람이
마음의 욕망을
씻는다

봄비가 씻긴다
이 마음
가벼워질 건가

욕심에 얽매임 없이
자유롭고 행복한 삶 될까……

손주 생각

내 사랑아
정월 초하룻날 아침에도
나는 제일 먼저
너희들이 보고 싶다
늘 샘솟는 그리움으로
너희들이 보고 싶다
새해에도 내 사랑과 함께
시간 여행을 떠나며
가슴이 애리는 시를 쓰고
가장 뜨거운 기도를 드리고 싶다
겨울에도 돋아나는
내 가슴속 늘 푸른 정원에
연분홍 진달래꽃 한 송이로
너희들이 앉아 웃고 있다
밤마다 나의 깊은 잠을
깨우는 아름다운 강아지들아
세상에 너희들 없이는
새해도 없다
마음이 어둠이어도
빛으로 오는 내 사랑아
내 영혼의 나비가

너희들에게 사뿐히
내려앉을 때
나의 새해는 비로소
설빔을 차려입는다
새 연두저고리와
자줏빛 바지를 입는다
내 사랑아

지구는 각을 만들지 않는다

군대에서 배운 것은
각을 세운 절도였다
말씨도 각을 세우고
걸음도 각 세운 패기
관물도 칼날 같은 각
인간을 절도 있는 각으로
만들겠다는 것일 게다

길을 걷다가
보도에 깐 블록이
네모인 것을 보았다
왜 사각이어야만 할까
둥근 모양이면 어떨까

그러나 밥그릇은 둥글다
식구끼리 각을 세우지 말고
웃으며 살라는 것일 게다
세숫대야도 둥글다
둥근 세상 모나게 살지 말고
둥글둥글 살아보라는 것일 게다

각은 긴장하게 하지만
둥근 원은 푸근함을 만든다
얼굴이 사각이 아닌 것이 다행이다
지구가 둥글게 된 깊은 뜻을
늦가을이 돼서야 알았다

함께 걷는 그림자

알록달록 철쭉꽃처럼
화사한 얼굴로
미래를 바라보았다
어릴 때 떠오르는 해를
등지고 걷는 그림자는
나보다 훨씬 크고 길어서
앞서 가는 그림자가
나의 꿈인양 밟아 왔다

정오가 되면 그림자는
발밑으로 숨어 들어온다
성인이 된 나는
당장 발밑에 떨어진 일을
해결하고자 정신이 없다
앞을 내다볼 겨를도 없이
의지하는 건 가족과 친구뿐이다

어느덧 해가 서녘에 걸치면
나의 뒤에 그림자가 드리운다
그림자는 추억의 무게와 같아서
회한의 실소를 머금게 하는데

그림자는 한없이 무겁고 길어진다
그림자가 무거워 걸음을 멈출 때
나의 인생을 마치게 된다

파도의 꿈

가슴속에서 출렁거리는 사랑이여
당신에게 갈 수 있는 길은
오직 이 길밖에 없습니다

속된 몸 둘둘 말아 하염없이 돌진하여
창백한 포말로 부서집니다

욕망의 깃 앞세워 덤벼들다가
곤두박질을 치며 부서집니다

어느 대양을 지나 이곳까지와
넘지 못할 절벽 앞에 부서지는가

내 힘이 스러지면
나는 엎질러지는 한 바가지 물에 불과함을
파도는 몸으로 말하고 있습니다
몸을 던져 깨뜨리면서 말하고 있습니다

파도는 부서지고 싶습니다
깨어져서 주님 닮고 싶습니다

당신에게로 가는 길은
오직 이 길뿐이기에

−2018. 12. 3.~5.
중앙총회 제69차 동계교역자 수련회
낙산 오션 밸리 리조트에서

아버지 지게

지게는 원망이 없다
제 등을 누르는 짐들을 보며
자기를 어깨에 메고 가는
주인이 안쓰러워 불평하지 않는다

멜빵이 닳고 닳아 헝겊으로
감아 돌린 아버지 지게가
칠십 년이 다 되어가도록
주인의 굳은살에 매달려 있다

가난의 짐
처자식의 짐
숨 가쁜 한숨을 돌려가면서
오늘도 보리 한 짐을 지고 가고 있다

맥추감사절에
드릴 보리 뭍들,
자식 배가 불룩 올라오는 기쁨에
비 오듯 흘러내리는 비지땀을 닦아가며
아버지 지게가 걸어가고 있다

3부

잎새의 이별

초가을

가을인가 보다
마음이
추억 속에
다가서기 때문이다
비가 오더니
가로수 나뭇잎
부딪히는 소리가
어제와 다르다
가을은 무엇하러
또 오는 것인가
초가을 바람이
살며시 선보일 때
매미소리마저
잦아든다
아, 어느새
우리들이 사는 동안
나뭇가지 사이로
세월도 속절없이
흘렀던가
이 세상 아름다움도 저문다
이 가을은

마음만 들여다보았는가
덜 여문 사람은
익어 가는 때
익어버린 사람은
서러워하는 때
그이는 안다
잎새마다
가을이
무엇하러
산천에 또 오는지를

만추(滿秋)

어느덧 찬바람 불어오고
가을은 깊어가고 있다
뜨거운 여름이 없으면
가을 단풍은
그리 붉지 않으리

더운 여름날
질퍽한 땀방울은
삶의 고뇌가
스치고 지나가는 바람인데

주춤거리는 가을은
마음 깊숙한 어느 골짜기
홀로 외로움에
붉은 피를 토해내고 있다

말없는 원미산은
색동옷 차려입고
저만치 가다 서다
모퉁이 돌아 선다
자고 나면 닿지 않을 먼~곳으로

추적추적 내리는 가을비
온몸 적셔 주는 날
마음 보여줄 수 있는
정다운 사람과
떠나는 가을 잠시 붙잡고
이야기하고 싶다

잎새의 이별

그 이가 왔다
차가운 바람이 왔다
그 이가 밤새
온갖 심술을 부려 놨다
바닥에 나 뒹구는 잎새들
가지마다 휑하니 적막이 흐른다
발밑에 구르는 낙엽들을
바라본 눈에서
눈물이 미끄러지듯 주르르 흐른다
해마다 이 맘 때면
여지없이 심술을 부려서
서둘러 가는 햇살이 얄미워진다
다시 볼 그 얼굴
그리워하며 애타게 불러본다

단풍 마중

울고 왔다 울고 가는 길
멀어서 울고 헤어지기 싫어 우네
사람이 주인이 아니고
가랑잎이 주인인 고갯마루 억새밭에
달빛이 지천으로 누워 있네
비안개에 선명한 빛은 없으나
영롱한 고운 자태 하얗게 드러낸다
거친 숨소리를
헛기침이 받아넘기며
찌든 때를 뱉어내고 청량한 공기를 가슴에 담는다
단풍 마중 가는 길에 초롱꽃이 불을 밝히는데
목덜미에 맺힌 땀이 흘러내리네
산바람과 정분을 나누다
맑은 물에 들어앉은 낙엽이 얼굴을 내미네
다가선 손을 담그기가 미안하도록……
바리바리 싸든 세속 등짐에
울긋불긋 물감이 내려앉았네

저녁노을

하루의 노동을 마친 태양이
소나무 가지에 걸터앉아 뉘였댄다

하루 종일 지져버린 후
시뻘건 얼굴로 엎드러져 쉬고 있다

사고 지고 퍽퍽한 삶들아 행복하라고
서녘이 벌겋도록 진성을 내린다

노을이 한 잠을 자더니만 어느새 가버렸나
서녘 재에 시커멓게 음영을 남겼네

내일 또 보자면서……

낙엽 시상

말없이 바라본다
새들과 그늘이 숨바꼭질하던 숲들을
썰렁한 바람 뒤에 가려져 있는
마지막 잎새들을

제 일 다 하고 돌아갈 날이
다가온 것을 알고 있는 것일까
수많은 이야기들 숲들의 잎새마다
아롱다롱 매달려 있다

새들은 어디로 가고
홀로 거닐고 있는 가을빛을
고마워하며 깨벗은 나무들을 응시한다
인생이 그러하듯
숲들의 삶도 그런 것이라고

백일홍

백일홍이
비바람에 흔들어댄다
순결함과 고결함에 미치는 건
어느 사람의 눈길 그리고 발길
꽃잎들이 한잎 두잎 떨어진다
백일홍 그 옆에 있던
소나무는 백일홍을 외면하고
제 몸을 위로 뻗었다
근처에 있던 장미 넝쿨은
백일홍에게 따가운 시선을 쏘아댄다
그게 서러웠는지
그게 야속했는지
그게 아팠던지
이내 얼굴을 붉히고
피를 토하더니 줄기가 단단해지고
상처를 삭히더니
몸집이 커졌다
그런 백일홍에게
손을 뻗어 보려 했지만
아무 말 없이 너를 보다가
발길을 돌렸다

무궁화 꽃은 피었습니다

바람 한 점 없는데도 추스르며
모퉁이 길목에
무궁화 꽃은 피었습니다

오랜 가뭄에 타들어가는
연한 잎 야금야금 갉아먹어도
무궁화 꽃은 피었습니다

화장한 얼굴을 개미 파리들이
귀찮게 간질대며 기어 다녀도
무궁화 꽃은 피었습니다

인적이 끊어진 지 오래고
가까이 다가서는 이 없어도
무궁화 꽃은 피었습니다

들국화

남쪽 하늘 아래
꽃순이 나왔어요
그 꽃은 객지에 나가
꽃망울을 터트리더니
얼마 후 속 낯을
드러내었어요
자기와 꼭 닮은
망울망울 송이 꽃을
가슴에 안고
날마다 웃음꽃을
까르르 피워냈지요
어느 날 호된 바람에
찢긴 꽃잎이
파르르 떨더니
시방은 웃음으로
세상을 어루만지는
하얀 꽃으로 피었어요
세파에 손마디는
굵어졌지만 여전히
미소는 늙지 않았어요

구월

팔월 문턱 넘기가
그렇게도 어려운지
차마 발걸음 띄지
못하는 늦더위가
바글바글 끓고 있는
예배당 한켠 밤나무에
그 발길이 멈추어 있다
불볕으로 익힌 밤송이를
오리입 같이 쩍 벌려 터트리며
갈 길을 서두르지 않는다
사랑이 기다림에 앞서듯이
기다림은 성숙에 앞서기에

어버이 짐

하루가 다르게
휘어져 가는 산허리
구부정한 산등성 위에
겨울이 무겁게 얹혀 있다
자식 입 살리려고
숨 한번 펴지 못해
가죽만 앙상한
구부러진 어머니 허리
앙상한 아버지 어깨
두 분의 신음소리에
가슴이 먹먹하다
마음이 뻐근하다

베인 풀 냄새

베르네천이 아버지 냄새로 진동한다
어제 깎아 낸 상처로 울고 있는 건가
풀을 베었을 때 나는 냄새를 맡고는
사람들은 그것을 신선하다고 하는데
실은 아버지 몸에서 나는 땀 냄새다
뜨거운 삼복더위에도 산판에 엎드려
손바닥에 쥐가 날 정도로 낫자루에
연신 침을 발라가며 한 짐 베어다가
밭 마당에 널어놓은 풀들이 소리친다
베임이 없으면 다시 삶이 없다면서

가을 입상

가을 익는 소리가 들리나요
완숙의 향기가 느껴지나요
따가운 가을볕을 식히느라
그렇겠지만 이따금
가을바람이 불어다 주네요
마음속에 깊이 묻어 두었던
님의 체취가 그리워지도록……

시름(哀愁)

여름이 무엇이냐 묻는다면
육즙의 씨앗이라 말하겠어요

폭풍이 지나가면 평온하던데
폭우가 기대를 저버리네요

이 또한 지나가리라던
선현들의 지혜를 되새기면서

근근한 시간을 달래 가며
초가을 바람을 기다립니다

−2018. 8. 28.
제19호 태풍 솔릭(sourik)이 다녀가고
폭우가 한반도를 적시던 날

자식이 뭐인고

언제 자식 한번
실컷 볼 건가
집 앞 골목으로
자식들이 들어오는 것만 같은디
새끼들 온다믄
달려 나가 껴안아 볼 것을~
오늘 아침에 아들한테
비 온다고 전화 왔는디
자식 생각하믄
마음이 푸근해져
자식이 뭐인고~
사랑하면 보여~
그때 가믄 알게 되여
올 가을도 감나무에
붉은 등이 밤새 켜졌다
하나도 아니고 셀 수 없이~
달빛도 그리움을 아는지
뜰 안을 훤히 비추고 있다

화담(和談)숲

화담(이야기)숲은 고요하나
우억 새 머리만이 하얗다
주고받는 사람들의 화담을
우억 새는 한 마디라도 놓칠세라
목을 빼고 귀담아 들어서일까
구절초와 분재가 어우러지고
이름 모를 꽃들과 인꽃들이
하루 종일 바라만 보고만 있어도
싫지 않은 화담 숲에는
골짜기마다 물소리가 장단 맞추며
사람 발자국 따라가며 말을 건넨다
인꽃들이 깔깔대며 떠들어대도
화담(이야기)숲은 마다하지 않고
흔드는 갈바람과 가슴 부비며
추억을 담는다 향수를 담는다

인생향수

봄에는 잎이 연두색이었다가
지금은 녹음이 우거져 진녹색을 띠고 있습니다
봄에는 꽃냄새가 나더니
이제는 잎 냄새가 너무 좋습니다
잎이 무거워져 나뭇가지가 아래로 쳐져서
얼굴을 때리곤 합니다
그러나 가을에는 잎마다 성치 않고
구멍이 숭숭 뚫렸어도 울긋불긋한 색을 띱니다
삶에 찌든 듯 시큼한 땀 냄새가 가슴까지 뭉클하게 합니다
그 나뭇잎 냄새에 비로소 인생의 존재를 느낍니다
얼마 전까지만 해도 바람만 없으면 얼마나 좋을까 했는데
이제는 그 냄새에 푹 빠졌습니다
산에 가 보십시오
숲의 향기가 너무 좋습니다

가을 우체국

내 마음에 우체국이 있습니다
내 마음에 그리움이 안겨 있습니다
내 마음에 가을 교회가 들어 있습니다

부치지 못한 사연들이
예배당 마당에 수북하게 쌓였습니다

색색으로 물들이다가
그만 찢긴 꽃봉투에는
구구절절한 이야기들이 담겨 있습니다

가을 남자는 망설이던 고백을
하나님께 두 손 모아 드립니다

가을 우체국에는
내년에는 이 마음 꼭 전하겠다며
가슴 태운 사랑이 가득합니다

원미산 초가을

원미산은
어머니의
밥상 같다
시린 마음
달래주는
바람 손이다
산등에 주저앉은
펑퍼짐한 궁뎅이가
냉기를 느낄 즈음
토닥여 주던
엄마를
부르고 싶다

낙엽

낙엽은 나에게
삶의 의미를 가르쳐 주고
주어진 시간들이 얼마나
소중한지를 깨우쳐준다

낙엽은 나에게
삶의 매듭을 준비하며 살뜰하게
살라고 넌지시 알려준다

낙엽은 나에게
이승에서 떨어져 누울 날은 언제일까
헤아려 보게 한다

가을비에 떨어지는 나뭇잎처럼,
날마다 떨어져 나가는
나의 시간들을 좀 더
지각하며 살라고 속삭인다

4부

눈 내리는 날

눈 내리는 날

함박눈이 내린다
비시시 함박웃음을 머금고
서로 포개어 사뿐히 내려앉는다
내리는 눈은 포근하다
서로 볼을 비비며
눈 내리는 날은 그리워진다
눈 내리는 날은
나도 누군가를 업고 싶다

그리움

아무도 오는 이 없네
발걸음 하는 이 없네
외로움이 몸속 깊숙이 잦아지네
서글픈 생각이 가슴속에 맴도네
봄에 찾아온 벌과 나비
여름에 다가왔던 솔바람도
이젠 기억 속에 살고 있네
매미가 다녀간 자리에
구슬프게 풀벌레들 울어대고
다만 가을 연인 달걀 꽃
구절초만이 나를 반기네
어머니의 사랑을 담은 꽃
줄기의 마디가 단오에는 다섯,
음력 9월 9일 중양절(重陽節)에는 아홉 마디가 된다는 구와
중양절의 "절", 혹은 꺾는다는 "절" 자를 써서 구절초라는데······
내 청춘에 주름이 질 때
생의 끝자락에서 뒤돌아보니 세월이 나를 많이 꺾어 놓았네
그리움에 사무친 얍복강을 건너가도록

감사의 기름을 등잔에 담아
향기로운 빛을 밝혀 주님께 드립니다

수많은 날들 눈물의 골짜기를 건너며 살아온
내 삶의 흔적들을 어루만져 주시는 주님……
내 삶에 눈물이 강이 되어 흐를 때
그 속에서 아름다운 꽃을 피워주시며
고난의 가시들이 나의 발을 찌를 때에도
새 신을 신겨 향기로운 동산을 걷게 하시는 주님……
내 진정 드릴 말씀 감사뿐입니다!

"장차 네게 큰 상이 될 테니 인내의 믿음으로 나를 바라보
아라"
조용히 말씀하시는 주님, 그 음성 너무나 부드러워
울음을 머금은 목소리로 주님께 감사의 고백을 드립니다
이제 나의 두 뺨에 흐르던 그 눈물방울들이
알알이 축복의 보석이 되어 내 삶에 쌓이는 것은
주님의 그 크신 사랑이기에 조용히 **감사 노래 불러 봅니다**

삶에 지치고 눌려 아프다는 말조차 하지 못했을 때,
내 대신 탄식해 주시며 내 앞길 예비하신 주님……
측량치 못할 그 은혜에 감사밖에 드릴 말씀 없습니다
내 삶에 무거운 돌덩이들이 가슴을 짓누를 때,
사랑의 손 내밀어 일으켜 주시며, 주님을 바라보게 하시니

그 돌들이 변하여 **감사의 기도가 되어집니다**

이 세상에 나 혼자 뿐이라고 외로움이 내 속에 차오를 때,
"아니다! 언제나 네 곁에 내가 있노라"
말씀하시는 그 위로의 말씀으로 인해
탄식하던 내 입술이 **감사의 시가 되어 수를 놓습니다**

돌아보면 아픔 가득…… 슬픔 가득……
후회만이 아련히 남은 것 같아 어찌할 바 모르고 방황할 때,
"아니다! 내 너의 삶의 모든 흔적들을 모아 아름다운 명품
을 만들리라"
말씀하시니…… 그 말씀 어느새 **감사의 그림으로 펼쳐집니다**

넘어지고 깨어지고 찢기어 더 이상 형체를 알아볼 수 없을 때
능력의 주님의 그 손길로 인해
꽃이 되고, 열매 되고, 생명이 되니
감사의 마음 밭이 드넓기만 합니다

주님의 놀라운 그 은혜…… 그 사랑이 가득 넘치니
애절했던 눈물이 감사의 찬양이 되어 온 누리에 퍼집니다.
두 손 모아 드립니다. 받으소서……
주님이 이루어 놓은 **아름다운 자녀들의 감사의 노래를**……

털 신발

아버지 사랑방 다니실 때 신으시던 털신
어머니 눈밭에 마을 가실 때 신으신 털신
뒷굽이 닳아 찢어지면 길산 장날
신 꿰매는 장수에게 수선해서
꽤 오랫동안 아끼시던 털 신발을
바깥 날씨 춥다며 내 발을 짐작 코
이백칠십오 미리로 골라 샀다면서
제자는 내게 계절에 맞는 선물을 했다
보송보송 부드러운 털처럼 자비의 손길이
찬바람 가득한 주차장을
뜨겁게 데울 만큼 혈압이 상승했다
겨울을 녹일 훈훈한 사랑 때문에

그날에

공기가 파랗고 차가운 날
하늘을 보면
눈이 베일 듯 시려올 때
일 년에 단 하루
시월의 마지막 날이라도
내가 네 곁에 있었다는 것을
한 번씩 기억해 주면 좋겠다

그리움이 내달린다

한 사람을 가슴에 묻어
훔친 눈물은 초록 잎새와 섞인다

훔친 눈물은 파란 하늘에 비친다
잊을 수 없노라, 잊을 수 없노라

흐르는 눈물은 이제
강을 만들고, 바다를 이루었다

텅 빈 가슴을 안고 살아갈 우리들은
당신을 잊을 수 없노라

지금도 잊을 수 없노라
잊을 수 없노라

첫눈

첫눈은 눈물이다
동생의 눈물이다
부지런한 친구들이 신바람 나서
학교 가는 내리막길을
반질반질하게 만들어
눈물바람이다
차려입은 옷도 변변치 않은 데다
양말조차도 신지 않은 시린 발로
총총거리며 울고 서있다
내 허리를 잡고 뒤에 앉아
슬금슬금 내려가면
여동생의 미소 띤 눈가엔
별들이 뜬다
눈물이 웃는다
오늘도 내 마음엔 첫눈이 내린다

기도

내 무거운 짐으로
당신의 이름이 내 혀에
닿게 하소서

턱까지 차오르는
숨 가쁜 소리가
그곳에 이르게 하소서

목마른 긴 밤과
미명의 새벽길을 지나며
싹이 트는 나무마다 인사를 합니다

이 요란 속에서도
언제나 당신의 속삭임에
귀 기울이게 하소서

내 눈에 스쳐가는 허상들이
당신의 빛으로 사라지게 하소서
한 가득 지고 있는 욕망도 내려놓게 하소서

기댈 것 없는

부끄러운 이 마음에
쉴 풀잎 하나 주옵소서

철쭉꽃의 뜨거운 언어를 사계절 내내
절망을 모르는 내 기도의 숲에 서면
초록빛 웃음 속에 계신 나의 하나님이여

기다리는 님

녹음이 우거진
원미산 숲 속을 찾아들면

뻐꾹새
모습은 아니 보이고
지척에서 울음 먼저 들려오네

밤꽃
모습은 아니 보이고
그윽한 향기 먼저 날아오네

그의 사랑도 그렇게
모습은 아니 보이고
언제나 그리움
먼저 와서
나를 기다리고 있네

나 늙고서야

겨울을 견뎌내고
구경 나온 꽃들이여
꽃잎마다 맺힌 향기들이
진하디 진한 연유를
이제는 알 것 같네
열흘간의 소풍 때문인 것을
가슴에 허무한 맘
남길 새 없이
땅바닥에 낙화되어
이리저리 나뒹구는 그대여
그 누구도 맘도 주지 않고
보듬 지도 않네
연초록 보드라운 새잎이
진녹색으로 갈아입고
해와 달과 바람 따라 놀다가
얼굴이 알록달록 붉어지면
환호들이 메아리 되어
산천을 흔들어 놓고
떨어진 낙엽에 심취되어
한 잎 두 잎 주워서
님의 그리운 향기에 묻혀
오랫동안 간직하는 책갈피가 되네

내 생일

처제가 특별히 주문하여
'기쁘다 뼈 없는 닭발이 오셨네.'
늦은 저녁식사라 시장기가 들어
평생 그리 해오지 않았던 일을
내 생일이라고 호강을 하는 날
한입 덥석 물었다가 된통 혼쭐이 났다.
목에 가시가 걸렸다. 켁켁거려도 안되고
찬밥을 목에 억지로 쑤셔 넣어 삼켜도
가시가 넘어가지 않고
아픈 목을 오리 목 잡듯 켁켁거려도
도무지 나오지도, 넘어가지도 않고
목에서 피만 넘어왔다.
안 되겠다 싶어 한밤중에
대학병원 응급실에 달려갔다.
초조한 심정으로 기다리면서
엊그제 소천하신 장모님 생각이
떠올랐다.
왜 일까?
네 죄를 네가 알렸다.
장모님이 조용한 목소리로 꾸짖는 것 같았다.
내 탓으로 알고 뉘우치고 있는데

간호사가 구금섭 씨 하고 부른다.
생년월일을 묻는데
목구멍이 아파 대답을 못하고 버벅댔다.
X-Ray를 찍어야 된다며 영상실로 안내한다.
결과는 아무것도 없다는 것이다.
이비인후과 담당의사는 고개를 꺄우뚱 거리며
내시경을 콧구멍으로 쑤셔 넣었다.
잘 참는다고 칭찬 한마디 하면서 넣었다.
눈물이 글썽글썽거리는데도 참았다.
무슨 망신인가! 창피스럽기까지 했다.
아니 글쎄 뭐가 크게 보이는 것이 아닌가?
의사 선생님은 나보고 내 혓바닥을
잡아 댕기라는 것이었다.
인생 마지막 심판대에서
하나님 앞에서 자기 죄를 직고 하듯이
잡아 댕겼다. 아프지 않게 슬슬 잡아 댕겼다.
의사는 대번에 바짝 잡아 댕기라고 호통했다.
이럴 줄 알았으면 평상시 혓바닥을 잘 놀리고 살 걸
후회스러웠다.
필사적으로 용쓴 결과 빼냈다.
갓 태어난 자식이라도 보는 듯

자세히 들여다보니 아주 가느다란 가시였다.
아니 닭뼈가 걸린 줄 알았는데
그래서 더욱 겁먹고 목을 쥐어 잡으며
병원에 달려왔는데
겁에 질린 나머지 아픈 것도 참았는데
아니 아주 작은 가시라니? 실망스럽다.
이까짓 가시에 고통스러워했다니,
어떠냐는 의사의 질문에
안도의 한숨을 쉬며, 감사하다는 말을
이 날 처음 진정성이 있는 말을 했다.
간사스러운 것이 인간의 혓바닥인 줄 알지만,
의료보험도 안 되는지 오만천 원을 지불하고,
자동차에 올라앉아 시동을 거는데
아직도 목에 뭐가 남아 있는지 아팠다.
다시 병원에 뛰어가듯이 올라가
의사를 다급하게 찾았다.
다시 내시경을 콧구멍으로 넣어서
들여다보니까 아뿔싸 아직도 가시가
남아 있는 것이 아닌가?
또다시 혓바닥 고문에 들어갔다.
의사도 가시가 잘 보이지 않아

아주 힘들어했다. 우연인지
목은 멍멍했지만 가시는 빠진 것 같았다.
아주 작은 죄도 허투루 생각하면
마지막엔 아주 작은 가시를 찾아 빼내듯
혓바닥이 취조를 받는다는 깨달음을 주었다.
그러나 배가 고픈 것은 어쩌랴!
집에 와서 다시 닭발을 뜯었다.
잠시 전의 소동은 잊어버린 채,
이름은 모르지만 새우와 감자를 갈아 뭉개 만든
음식은 피하면서 먹어댔다.
한바탕 폭소를 자아내며 닭발과 씨름을 하였다.
기념비에 남길 생일 밥상이었다.

아 더 폰데스(Ad Fontes)

교회여 근본으로 돌아가라
바벨론 포로에서 돌아오라
이방 신상을 찍고
심령 성전 안에 들여놓은
우상을 타파하고 정화하자

아사의 종교개혁(왕상 15:11,12)
예후의 종교개혁(왕하 10:24,25)
여호야다의 종교개혁(왕하 11:17-20)
요시야의 종교개혁(왕하 23:14-20)
여호사밧의 종교개혁(대하 19:3)

히스기야의 종교개혁(대하 31:1)
므낫세의 종교개혁(대하 33:13-15)
에스라의 종교개혁(스 10:3)
느헤미야의 종교개혁(느 13:13-21)
예수님의 종교개혁(요 2:13-16)
아 더 폰데스(Ad Fontes)
아 더 비블리아(Ad Biblia)

로마 가톨릭교회의 계급구조, 화체설, 연옥설,

마리아 숭배, 이 모든 것이 성경에 위배된다던
위클리프는 성경번역 후 이단이 되어 화형 당했다
성경이 모든 것 위에 있다는 얀 후스 화형 당했다
자국어로 번역한 마틴 루터의 개혁정신은 오직 성경이다

교회여!
형식에 탐닉된 부패를 척결하고
넘어진 말씀을 일으키자
언약의 말씀을 이루자
말씀에 따라 살자
온 마음과 영혼으로 야훼의 말씀을 따르자

성탄

오소서
눈같이 사뿐히
오소서
세속의 억겁을
눈같이
씻으러 오신 주
상고대 적삼을
입혀주소서
눈같이 희도록

세월

마주 볼 때마다
나를 유혹하는
너의 빛깔에
깊은 정 쌓았는데

그 벤치 위에
떨어진 나뭇잎은
나뭇잎에 덮여서
나무 밑에서 흙이 되고

너는 어이해서
내 빈 가슴속에
둥지를 틀지 않고
훌쩍 날아가 버렸느냐

우정

사십 년이나 내 가슴속에 살던
그리운 친구한테 전화가 왔다
별 것 아니지만 농약을 치지 않은
고봉 감 한 박스를 보냈단다

홍시가 되면 하나씩 꺼내 먹으라며
싱글벙글 웃는 친구의 목소리가
천상에서 들려오는 천사의 음성같이
가슴 한구석을 뭉클하도록 채운다

물에 쓱쓱 씻어 먹어도 탈이 없지만
지금은 먹지 말라며…… 당부한다
이 감 다 먹어 없어지면
친구가 떠날까봐 보고 또 보았다

송년시 –크로노스는 내달린다

앙상한 나뭇가지 위에
지나온 사연들
대롱대롱 매달아 놓고
남몰래 가슴을 쓸어내린다

크로노스는 기억을 머금은 채
따스한 그리움을 껴안고
또다른 시간을 찾아서
찬바람에 머리카락 날리며 내달린다

바람소리 잠들어버린 앙상한 숲길
걸어가는 나그네
바라보니 기나긴 겨울이여
어느덧 차가운 겨울은 깊숙이 잠이 든다

크로노스는 지나간 그림자 옆에 끼고
다가오는 새로운 인연을 찾아서
뜨거운 입김 연신 뱉어가며
또다시 열심히 내달리고 있다

–2018년 12월 31일

새해 축시

새해는
따뜻한 가슴으로 다가서자
아가의 언 손을
입김으로 호호 불어
따사로운 엄마의
젖무덤에 넣어주듯
우리 서로 야곱과 에서처럼
체온을 비비며 살자

우리가 가야 하는 길이
험난한 가시밭길이라 할지라도
그 가시밭길 지나면
푸른 풀밭이 펼쳐져 있고

우리가 가야 하는 길이
휑한 나뭇가지라 할지라도
성령의 기운 들이마시면
머지않아 꽃 피고 열매 맺을 것이니

당장 시방은 답답한 마음이
무거운 돌덩이 같더라도

돌덩이 비집고 나오는 새싹이
줄기를 뻗어 화관을 씌어 줄 것이니

구령의 불타는 가슴으로 달려온 길이
피와 땀과 눈물이 서려 있으니
바위틈을 비집고 나온 나무처럼
언젠가 청청하리라
마주 잡은 손끝에 미소가 묻어나고
입가엔 찬양이 번지고
사랑의 물결 따라 춤을 추면
환희의 태양이 우리의 가슴 깊이
이글이글 타오르리라

새해는
우리 함께 새 사람이 되자
낡은 가죽부대를 찢어버리자
활짝 열린 꿈(雄志)을 향해
힘차게 달려 나가자

산들이 일어서고
대양(大洋)은 출렁이고 있다

새들은 벌써부터 노래하고
노루들은 산비탈을 내달린다
한겨울 찬바람이
연일 뼛속까지 파고들어도
생명은 땅속에서 꿈틀거린다

얼어붙은 가슴을 갈아엎고
희망의 씨앗을 뿌리자
울며 씨를 뿌리는 자는
기쁨으로 그 단을 거두리라
눈물을 흘리며 씨를 뿌리는 자는
웃으면서 곡식을 수확하리라

형제여! 이리 오라
우리 함께 희망을 심자
기해년(己亥年) 황금 길을 만들자
낡은 가치관을 벗으면
새 하늘 새 땅이 기다린다

-기독교 중앙신문 2019년 신년 축시

비워낸 틈 자리

비우는 것도 아파봐야 비운다
내 것이라고는 아무것도 없이
사는 날 동안 빌렸을 뿐인데도
거머쥔 명예, 모아 둔 재물
목숨 같이 소중한 사랑 모두
세월 끝자락에 내놓고 가야 할 것을
무엇을 내 것이라고 고집하겠는가

집착과 욕심은 유리 안을 보듯
이 손 가까이 잡히는 듯하지만
그러면 무얼 하나 마음만 힘들고
애닯고 고달프기만 한 것을
이 얼마나 부질없는 일인가
이 세상에 빈 몸 가지고 와서
억수로 많은 것을 거저 얻었다
지천으로 널려 있는 공기, 햇빛, 물과 숲
이 모든 것을 누리니 마음 곳간은 부유하다

우리 모두 가야 하는 나그네들
한 번뿐인 삶의 무대의 주인공들
연출가도 배우도 오롯이 내 몫인데

비워낸 틈 자리 눈부신 봄볕 한 줌 퍼 담아
계절 가는 대로, 마음 가는 대로
순간을 최선 다하며 웃으며 살자

어머니 박성녀 집사님 1주기 추모 시

둘째 사위 구금섭

어머니,
우리를 품어 주시느라
나뭇가지처럼 야위셨던 어머니
어찌 그리 바삐 가셨나요

첫째 사위, 셋째 딸이 앞서 갔어도
미어지는 가슴 서럽다 말 못 하고 눈물로 삭힌 세월
둘째 아들 비명사에 기가 막혀도 한탄 못하고
슬픔의 하늘을 응시하며 뜨거운 입김 쏟아내면서도
외롭다 투정 못 하고 말없이 흘러 보낸 시간 속에
홀로 매화꽃만 피어 놓고
가슴 쓰린 이별을 고하셨나요

망망대해 일엽편주도 외롭고
산천초목에 갇힌 진달래꽃도 외롭긴 매한가지
주름진 얼굴에 웃음 담고 싶지 않아
눈만 뜨면 일에 묻혀 사신 어머니
깃털같이 가벼운 몸에 속앓이로 얻은 지병
자식들에게 짐이 되고 싶지 않아
바쁜 걸음 재촉하고 가신 이별의 아픔은

지금도 가슴은 천 갈래 만 갈래 미어지고
숨통이 막혀 온몸이 저려오네요

아아! 허망한 인생사!
하늘이 무너지고 땅이 꺼진 듯
원통하고 슬프도다!

가난을 가난으로 생각하지 않고
손발이 부르트도록 자식만 바라보고 사신 세월
아픔을 고통으로 생각하지 않고
어두운 방 안에서 소리 없는 눈물로 사신 세월
금쪽같은 자식들 데려간 하나님도 무심하고
아무 일 없었던 듯 떠도는 구름도 무심하다
천년만년 사는 것도 아니지만
사는 것이 한겨울 찬물에 손을 넣듯 고달팠던 어머니

어머니의 그 따뜻한 손길이 너무나 그리워요
어머니의 포근한 정이 너무나 간절해요
다시는 돌아올 수 없는 그 길을
어찌 그리 슬픈 비애만 안고 가셨나요

어머니 사랑합니다
어머니 보고 싶어요
한 번만 저희들 곁으로 오실 수는 없는 건가요
제발, 단 한 번만 문을 열고 오실 수는 없는 건가요
목 놓아 불러도 아픈 가슴 쥐어짜 외쳐 봐도
대답 없는 그 이름 박성녀 어머니여!
하늘나라 그 먼 곳 하나님 품에 계서도
저희 형제들 예수 믿고 정답게 사는 것 바라봐 주세요
아버님 곁에서 편안히 영면하세요 어머니!

고 온석 백기환 총장님 1주기 추모 시
─님의 빈자리

총장님 거기서도 보이십니까
당신의 사명을 넘겨받아
희망으로 가꾸어온 그 나날들
저희들의 발자국이 보이십니까

총장님 거기서도 들리십니까
송곳에 찔린 듯 아프고 힘든 날들
하루하루를 간절함으로 이겨낸 그 날들
수많은 새 떼들 날아오르듯 날갯짓하는 비상을

들리십니까
중앙에서 세계를 향해 꿈꾸는 외침이 들리십니까
보고 싶습니다 그립습니다
총장님 때문에 오래도록 아팠습니다

당신이 떠나신 뒤로 삼백예순 다섯 날의 세월이 흘렀습니다
어디에다 호소할 수 없는 슬픔
어디에다 담아둘 수 없는 눈물
살에 떨어지는 촛농처럼 뜨거운 아픔을 견뎌내야 했습니다

세계를 향한 꿈 하나로 묵묵히 일해오신 당신을 생각하며

절박함을 희망으로 바꾸어 가며 하루하루를 살았습니다
라일락 꽃 향기 그윽한 오뉴월이 오면 당신 없는 빈자리를
뚫어지듯 바라보며 가냘픈 잎새처럼 파르르 떨며 가슴을 움
켜쥐었습니다

당신이 없는 벼랑 끝에서 우리는 몸부림쳤다는 걸
당신도 알고 계십니까
당신의 운명으로 인해 한순간에 바뀌어버린
어미 잃은 사슴처럼 우리의 아픔은 간절하기까지 했습니다

당신의 빈자리가 너무나도 컸기에
고통스러운 나날을 신앙으로 승화시키며
지금 우리는 당신의 아름다운 발자취를 이어받아
중앙의 미래를 가꾸고 있습니다

타오르되 흩어지지 않는 모닥불처럼
타오르되 꺼지지 않는 횃불처럼
타오르되 순간순간 깨어있고자 했습니다
하얀 밤 지새우며 울며 기도했습니다

당신의 부재

당신의 자취
이제 우리는 거기에 머물러 있지 않습니다

당신이 못다 이루신 중앙의 비전
당신이 추구하던 의로운 가치
그 이상을 그 너머의 꿈을 꿈꾸고자 합니다
그 꿈을 역사 속에서 이루고자 합니다

보고 싶은 총장님
당신의 아리고 아픈 이별 때문에
많은 날들 고통스러웠습니다

보이십니까
당신이 낳은 꿈의 열매들
당신이 가꾼 중앙인들이
당신으로 인해 우리들이 이제 온누리에 빛을 비추겠습니다

향학의 불꽃을 튀기며
오솔길 따라 등교하는 아침이면
우뚝 서 있는 교정의 건물들이 당신의 모습처럼 든든합니다

곱게 차려입은 한복처럼 향기롭습니다
풋풋한 봄내음처럼 우리들 가슴에 가득합니다

우리들 가슴속에 별이 되신 총장님
우리들의 가슴 한복판에 당신은 아름다운 추억으로 살아
계십니다
고개 들면 펼쳐지는 저 하늘에
당신은 영영 지워지지 않을 파아란 그리움으로 살아 계십
니다

-2018년 5월 29일

대한예수교장로회 중앙총회,
중앙총신, 온석대학원대학교,
기독교중앙신문 창립 기념 축시

성령의 바람 기운 받아
세계 속에 중심이 되도록
산등 걸이(반석, 동산)를 밑동 삼아 태어난
중앙이여, 중앙인들이여
이 날이 무슨 날인가
해골 곳(골고다)을 피로 적셔 만민을 살리러 오신
주 예수 그리스도의 부활의 달에
거름이 될 일꾼들이 모인 중앙총회와
묵은 땅을 갈아엎을 연장을 연마할 중앙총신, 온석대학원
대학교가 열린 날

고마워라, 향기 날릴 꽃잎들이여
온몸으로 죽어지고 일어날
복음의 십자봉(十字峰)이여
억조창생 소나무로 지은 시몬의 배에
담고 담아도 끝이 없을 고기들이여, 어산(魚山)이여
그리고 동문들이여
하늘 끝, 땅 끝까지 말 좀 전해주시게나
생일날 아침 문득, 여기 진리의 전당을 향해 달려오는 오솔
길을

숭어가 차고 올라오는 거센 물길로
산골짜기 좁은 길을 '내가 곧 그 길이다' 하신 진리탐구의
옹달샘으로
닮고 싶은 우리 중앙의 희망 하나,
온석의 꿈 하나,

스크린 높이 걸면 대강당은 극장이 되고
손가락 다친 농부가 뛰어오면 양호실이 되고
깊은 밤 책 읽기 좋아하는 이장님이 교수를 찾아오면
빈 교실은 마을도서관이 되고
큰일이 생기면 광장이 되고
큰 손님이 오면 호텔이 되고……
아, 그 학교가 만민의 학교라면
우리 중앙총회의 허리인 중앙총신, 온석대학원대학교는
복지의 산실, 복음의 학교라네

올된 학생이 스승의 진리의 목소리를 듣고 가고
가는 봄이 아쉬운 여인네가 '아곡리'의 그늘 아래 와서
시 한 편을 쓰고 내려가는 만민의 학교

머리가 무거운 비즈니스맨이 근심 하나를 내려놓고 가고
출근길 회사원이 밝은 말씀 한 줄 듣고 가고,
용인 길을 돌아온 노인이
대금산조 한 가락을 들려주고 가는
민족의 학교

국립도서관에도 없고
'네이버'에도 나오지 않는 지혜를 얻은 학생이
'구글 지도'에도 나오지 않는 길을 향해 걸어가는
진리의 동산
꽃이 피는 춤새, 달이 뜨는 소리도 들리고
바람소리도 음악이 되는
온 세상의 학교

경계도 없고 울타리도 없는 온 세상의 학교
부산도 멀지 않고 신의주도 멀지 않은 민족의 중심,
산봉우리 속으로도 길이 보이고
우주로도 길이 통하는
민족의 학교

오늘이 창립기념일이라네
진리의 동산, 온 세상의 학교
중앙총회, 중앙총신, 온석대학원대학교, 기독교중앙신문이
열린 날
창대하라! 중앙인들아,
외쳐라 진리의 기수들이여……
거짓 없는 역사를 기록하라 기독교중앙신문아……

사랑하는 아내 기예에게 드리는 편지

사랑하는 여보, 이젠 당신도 나이가 든 모양입니다. 아름답고 건강하던 당신이 이젠 고지혈증에 뒷목과 어깨까지 아프다고 호소하는 당신을 볼 적마다 왠지 모르게 내 마음은 무겁기만 합니다. 흘러간 세월만큼이나 갖은 고생 다한 당신에게 잘해준 것 하나도 없는 나이기에 당신을 대할 적마다 세월의 무상함을 느끼곤 합니다. 그러고 보니 당신을 만난 지 올해가 꼭 38년이 되었구려. 세월이 유수와도 같다더니 세월만 덧없이 흘러간 것 같습니다.

그러니까 당신 나이 23세였던가요. 신학교 재학 중에 입포침례교회 조 목사님의 권유로 가신침례교회서 시무하던 때 아랫동네에 있는 가신장로교회와 합동하도록 주선하다가 가신장로교회(통합측)의 담임전도사로 청빙을 받아 시무하던 때 나는 당회장이었던 임천장로교회 김문호 목사님의 중매로 당신을 알게 되어 사랑을 꽃 피우기 시작하였지요. 남몰래 밤하늘 별을 세어 가며 단숨에 달려 비당리를 넘나들며 사랑을 키워 갈 때가 정말로 즐거웠지요.

결혼하고 농촌교회와 도시개척교회를 전전하느라 갖은 고생 다한 당신. 그리고 우리 민이, 혜영이 낳아 기르느라 당신

무척이나 고생 많이 하였지요.

여보! 부부 인연으로 만난 지 38년이란 세월이 어디 적은 기간이던가요. 예전에는 남녀가 서로 만나 20년 살기가 바쁘다고 하였는데 우리는 그 배(倍)를 함께 살아왔으니 이것도 하나님이 우리 부부에게 주신 축복이 아닌가 생각합니다.

준비 안 된 미완성, 미 완숙된 가난한 전도사인 나는 젊은 나이로 목회하며 공부하느라 항상 집을 비울 때면 당신은 아이들 기르랴 남편 없는 강단을 지키랴 참으로 많은 고생 하였지요. 자식들이란 원래 부모 사랑의 눈물을 먹고 자라는 게 자식이라 하지만 나는 당신의 피땀을 먹고 성장하였습니다.

당신의 성격은 모질지 못한 것이 흠이라면 흠인지라 언제나 남편 몰래 많이 울었지요. 거친 성격의 남편 때문에 돌아서서 눈물짓던 모습은 지금도 내 마음속에 아리아리 자리 잡고 있답니다.

가난한 전도사인 내게 시집와 갖은 고생 다한 당신에게 내 머리 잘라 신을 삼아 드린 들 보답할 수 있을까 만은 우리가

만난 지 38년, 당신도 목회를 잘 못하는 못난 남편이 안타까
웠는지 영성훈련을 자초하고 집을 비운 사이 내 마음의 편지
를 드립니다. 지난날을 돌이켜 보면 잘한 것보다 못한 것이
더 많은 것 같습니다. 때론 그 잘난 남자 체면 세운다며 잘
한 일이건 못한 일이건 버럭버럭 소리 질러 화낸 것 잘한 일
은 못되지요. 그럴 때마다 당신 속마음 얼마나 아팠을까요?
이 모든 것 가슴에 묻고 살아온 당신 내 어찌 그런 당신의 마
음 모르겠소. 또한 나도 어느새 나이 들어 건강이 좋지 않아
아픈 곳 한두 곳이 아니다 보니 때론 힘든 일도 많지만 어디
당신 몸 아픈 것에 비할 수 있겠습니까?

　세상 사는 것 누구나 다 그렇고 그런 것이라, 우리 걸어온
길 뒤돌아보면 즐거움보다 고생한 것 더 많았을 터이니 그러
고 보면 몸 성하지 않은 것은 어찌 보면 너무나 당연한 이치
가 아닌지!
　여자는 남편이나 자식 모두에게 집이라고 학교에서나 교회
에서 강설하였는데 정작 집이 없는 텅 빈 방 안을 쓸쓸히 둘
러보며 먼 훗날이 되겠지만 그 날에 보고 싶어도, 그리움에
발버둥 쳐도 외로움만 사무칠 뿐인 그때를 생각하면 아찔한
마음이 드는 구려. 이제부터라도 당신을 사랑하고 아껴주어

야지 다짐하고 다짐하면서 내 마음을 담아 당신에게 이 용서의 편지드립니다.

여보 사랑해요! 코감기 목감기가 걸려 목이 아프다면서도 집을 떠난 당신…… 늘 그랬지만 당신은 한번 계획한 것은 끝을 보는 성격인 줄 잘 알지만 못내 당신의 건강이 걱정이 되었소…… 지금은 괜찮은지 모르겠지만 여보 건강하세요. 51시간이 지나야 다시 만날 당신을 그리며 이만 줄입니다.

-2010년 10월 13일, 수요예배 후 밤 9시에
 당신을 사랑하는 남편 금섭이가